너 답게, 너 처럼

도서
출판 문장

이 도서는 한국출판문화산업진흥원의
'2020년 우수콘텐츠 제작 지원'
사업 선정작입니다.

1판 1쇄 인쇄 2020. 9. 25
1판 1쇄 발행 2020. 9. 28

발행처 도서출판 문장
발행인 이은숙

등록번호 제 2015. 000023호
등록일 1977. 10. 24.

서울시 강북구 덕릉로 14(수유동)
대표전화 : 02-929-9495
팩시밀리 : 02-929-9496

ISBN 978-89-7507-083 03810

*정가는 뒷표지에 있습니다.

차 례

한올진 이웃

신 호 · 8   다 아는 사이 · 10   위하여! · 12   붕어빵 · 13
나와라, 냐아옹! · 14   덩달아 · 17   흡. 흡. 흐읍. · 18   통한 날 · 19
너나들이 · 20   한올진 이웃 · 21   노루뜀 대장 · 22
수탉 두 마리 · 24   난감한 가방 · 25   농촌유학 열아흐레 째 · 26
쌍디 형제 · 27   짝 꿍 · 28   더 큰 위로 · 29   엄마 숙제 · 30
꼭 · 32   사이렌소리 · 34   이사하던 날 · 35   이해심 많은 파도 · 37
산타클로스 할아버지께 · 38   노란 밴드 · 39

배꽃처럼

꿈꾸나 봐 · 42   이르는 애 · 43   출장 다녀 온 아빠 · 44
부끄러워 · 46   뒷모습 · 49   할머니 인생 · 50   딱 · 52   내 그림자 · 53
더덕 · 54   데자뷰 · 56   배꽃처럼 · 58   못 놓는 손 · 60   오래오래 · 62
제 자리 · 64   할머니의 꿈 · 65   고사리 식구 · 66   뿔 · 69
물발자국 · 70   물총놀이 · 72   장애인 영지엄마 · 75
우리 동네 앞 공터 · 76

특별서비스

특별 서비스! · 80   텔레파시 · 81   낯선 길 · 82   섬진강 외가 · 84
가끔은 · 87   하느님 · 88   운 · 90   뭐야? · 91   행복한 우리 가족 · 92
학교 가는 길 · 94   혼자 웃는 웃음 · 96   봄 별 · 97   태은이 · 98
가랑잎 편지 · 100   욕심 너 ! · 101   비 오기 전 · 102   소년 · 104
귀농 사과 · 106   모를걸요? · 108   너무 다른 마음 · 110   밭두렁 · 111
세상 제일 부자 · 112   협 박 · 114   언제 커서 · 116   커튼 장난 · 117

한울진 이웃

신호

뒷산에 올라
산초나무 열매 따는
할아부지 곁으로
포드득 찌잇 삐잇
동고비 한 마리

'가시 많아요.
조심하세요!'
알려주는 것 같아

뒷산에 좁쌀 던져 주는
할아부지 손
기억하고
찌찌찌 째찌쯔잇
산초나무 가시 사이로
포로록 포롱
눈 어두운 할아부지한테
죄졸거리느라
바빠요, 바빠.

다 아는 사이

내가 뭐하고 사는지
다 보고 있는
내 방 천장 귀퉁이
커다란 거미야!

나도
네가 뭐하고 사는지
다 알아

어제는 쳐 둔 줄에 걸린
똥파리 무서워
근처만 뱅뱅 돌고
오늘은 튼튼한 줄
두 줄 더 늘었고

참!
줄 치다가
쭈우욱 방바닥까지 떨어져
발발발 올라간 일은
모른 척 해 줄게.

위하여!

동네 삼겹살집에 모인
아버지 초등학교 동창생들

술 잔 높이 들고
"위하여!"
물 잔 치켜들고
"위하여!"
목청껏 외쳐요.

"정수야아!"
"경서억아!"
"희지나아!"

다 큰 어른들이 우리처럼
친구 이름 부르며
엄청 시끄러워요.

교실에서 얼마나 떠들었을지
다 보여요.

붕어빵

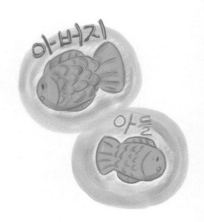

우리 빵가게 문 등지고
빵 구경하고 있는데
"어이 김 사장!"
가게 문을 들어서는
떡집 아저씨 목소리

엉겁결에 뒤 돌아보니
"하이고야! 김 사장인 줄 알았네!
뒤에서 보니 똑같네!"
글쎄 크게 웃으시잖겠어?
아버지는 짧달막하고 뚱뚱한데
어딜 봐서 똑같아?

종일
'똑같긴 뭐가 똑같아?'
중얼거렸지

밤새
'어딜 봐서 똑같아?'
잠 못 이뤘지.

나와라, 냐아옹!

까만 아기고양이 한 마리
주차 된 승용차 아래로
쏘옥 들어가는 거야.

그걸 본 우리 삼총사
그냥 갈 수가 없어

가방 맨 채
엉덩이 치켜들고
흙바닥에 착 엎드려

"이리 나와라. 나비야!"
"위험해요, 냐아옹!"
"집에 가자, 냐아옹!"

외치는 우리들이
엄마고양이 같았어.

늘 애태우는
우리 엄마 같았어.

14

덩달아

학교 갔다 집에 가는 길
앞에 가는 짝한테
"영호야!" 부르는데
갑자기 뛴다.
"왜 그래?" 나도 뛴다.
내 뒤에서 진호가
"뭐야, 뭐야!" 따라 뛴다.

그 뒤에 여자 애들도
"뭔데? 뭔데?"
함께 뛴다.

"야아!
가보자!"
우르르 웃음소리도
덩달아 뛴다.

지구도 함께 뛴다.

흡. 흡. 흐읍.

할아부지 울음소리는
"흡. 흡. 흐읍."

할무니 돌아가신 뒤
텃밭에
호박 한 개만 열려도
"흡. 흡. 흐읍. 흡.
너어 할무니가 호박을 올매나
좋아했는디."

시간이 갈수록 더 생각난다고
밥 먹다가도
"흡. 흐읍. 흡. 흡."

할아부지는
참 웃기게 늘키는데
웃음은커녕

내 입술도
어느새
삐죽거린다.

18

통한 날

"코딱지 먹어 봤어?"
짝이 된 지은이에게
소곤소곤 물으니
"응, 너도?"
두 눈을 반짝였어.

"엄마한테 혼났어?"
또 물으니
"응, 너도?"
눈 커진
지은이 따라 나도
고개를 끄덕였어.

우리 둘이
확
통한 날

너나들이

"푸른 하늘 으은하수!"
우리 집에 자러 온
사촌 은서와 마주 앉아
손뼉 치며 노래를 하는데

"어서 자라, 조용히 하고!"
거실에서 들려오는
엄마 목소리

우리는 동시에
입만 벙긋벙긋
그래도 다 들리는
얇고 높은 은서 목소리
느리고 굵은 내 목소리

다 기억하는지 은서
반 박자 느리게
짝짝짝
나도 따라 척척척

한울진 이웃

동네 공원 톳나무
오래 된 전나무 가지에
쭉정이 밤송이
도토리 껍데기
태풍이 걸고 간 삭정이
아이들이 던진 줄넘기
터줏대감 왕거미 집까지
죄 매달려 산다.

눈치주지도
밀쳐내지도 않고
그러려니 하고 산다.
굼슬겁게 함께 산다.

위, 아래층 사정
다 봐주고 사는
우리 아파트처럼

노루뜀 대장

참나무 아래에
서 있는데
톡
정수리에 떨어지던
도토리 하나가

다시
툭
아스팔트 언덕길

탁
너럭바위

통
주차 해 둔 자동차 보닛
다음으로
또그르르
내리막길

탕
방지 턱 도움닫기

슈웅
날아오른다.

힘내라!
노루뜀 대장

수탉 두 마리

"말을 안 들어!
식당에 손님 오면
콕콕 부리로 쫓고
강냉이며 고추며
죄 쪼아놓고
저것들을 우짜까!"

식당 하는 할머니가
전화로 우리에게
이르는 동안에도

푸드득 꼬끼오
푸득 푸득 꾸꾸

요란하게 들려오는
싸우는 소리

찔린다
꼭 닮았다
형과 나처럼.

난감한 가방

하굣길에 넘어진 시윤이
가방 맨 채
두 다리 뻗고 앉아
일어나질 못하는 거야

일으켜 줄까 싶어
뒤로 다가갔지만
어딜 잡지?

어깨도 그렇고
손잡기도 그렇고

그래서 생각해 낸
양 어깨 가방 끈
동시에 하나 씩 잡고

"일어 나봐!"
목소리도 거들었지

물론
가방이 먼저 일어났지

농촌유학 열아흐레 째

낮달과 해님이
함께 나타날 때
엄마 생각이 나요.

하루에 두 번
아침과 저녁
하얀 달과 해님이
같이 뜰 때면

엄마 보고파
눈물이 고여요.
자꾸만 울먹이고
노는 것도 싫고

"당장 집에 갈래!"
생떼 쓰며
데굴데굴 구르고 싶어요.

제 진심도
그때 나타나나 봐요.

쌍디 형제

서로 힘세다고 난리났슈
우리 아부지, 큰아부지

감자 한 박스 가지고

"실어다 드릴게유!"
"아녀어, 미고도 가아."

"조금 젊은 지가 낫쥬우."
"아녀어! 기양 내가 햐아."

결국 이긴 아부지를
따라 가던
큰아부지 뒤로

"미고 가도 된다닝께."
혼잣말도
설명설명 따라갔슈.

짝꿍

내 짝꿍은 수진이
언니 짝꿍은 경희언니
오빠 짝꿍은 상태 오빠
내 동생 짝꿍은 이슬이
우리 할머니 짝꿍은
맞아!
할아버지

만날 할머니가
"이보소,"
짝꿍이요!
짝꿍이요,
"좀 보소!"
하고
부르시거든

더 큰 위로

개울 따라 걷는 길
집으로 가는 길

오늘 시험 못 봐
한숨 한 번
"아휴!"

선생님한테 혼나
한숨 한 번
"어휴!"

개울물이
내 한숨과
함께 갑니다.

한숨보다
더 크게
위로해줍니다.

엄마 숙제

동생 도현이 씻기기는
엄마가 주신 마지막 숙제

샴푸를 물 묻은 손에 짜서
엄지와 검지를 동그랗게 말아
후우 불어주면
비눗방울
봉봉봉

양치질을 하던
도현이가
와핫와핫
신나서 웃는다.
더 웃으라고
봉
봉
봉

내일 엄마 퇴원해서 오면
도현이 안 울고 잤다고

말해야지

나도 칭찬해 달라고
말해야지

꼭

하얀 매화꽃이
조그만 매화꽃이
환하게 핀 마당에

장닭이 지렁이를
물어와 놓고
암탉을
꼬꼬꼬 부르는데

암탉 따라
다른 닭이 따라왔다.

어디 가나
눈치 없는 친구는
꼭 있나봐

사이렌소리

에에에엥 에에에엥
비오비오 비오비오

멀리서 들려오는
사이렌소리

붕어빵 굽던
엄마 얼굴에
웃음기 싹
가시다가

사이렌소리
멀리 사라지면
"내쫓기는 줄 알았네. 어휴!"
한숨 쉬며 웃지만
저건 구급차 소리

엄마한테는 모두
쫓아내는 신호로
들린다는
운수 좋은 날

이사하던 날

짐 나르는 아저씨가
화분을 달싹
드는데
왕거미 한 마리
툭 떨어지더니
부리나케 달려서
다른 화분 아래로
쏙 들어갔다.

말하지 말아야지
엄마한테는

이해심 많은 파도

파도가 몰려오면
일곱 살 남동생은
발차기를 해요.
"얍!"
"얍!"

그러다
파도가 밀려가면
제 발차기
무서워서
도망 간다나요?

"밀물과
썰물이야!"
말해줘도

"이 겁쟁이 파도야!"
신나게 외쳐요.

저는
미안한 마음을 보내요.
파도에게

산타클로스 할아버지께

저희 집 이사했는데
알고 계세요?

노란 밴드

검지를 베서
선생님이 발라 준 밴드

노랑, 노랑, 노란밴드
아픈 건 잊고
노랑나비 같아.
들여다보고
또 들여다보다가

집에 갈 땐
검지를 치켜세우고 가요.

노랑나비 한 마리
내 손가락에 얹고
아픈 것도 다 잊고

배꽃처럼

꿈꾸나 봐

우리 개 낮잠 자다
다리를 떤다.
부르르
바르르
몇 번을 떤다.

꿈에서
앞집 개

'독종'
만났나?

마주치면
다리를
벌벌 떨더니

이르는 애

"애는 만날 안 입고 와요.
체육복!
처음이 아니에요.
늘 그래요. 너, 그렇잖아?"

장사하느라
바쁜 엄마가
못 챙겨 준 건데

짝꿍은
만날 이른다, 나를

여기저기
어딜 가도
나를 이른다.
그것도 큰소리로

그럴 때마다
세상에서 제일
아프게
꼬집어주고 싶은
너.

출장 다녀온 아빠

학교 마치고
현관 나서는데

어!
교문 앞에
아빠다!

막 뛰어 내려가면

"뛰지 마!
안 뛰어도 돼
뛰지 마!"
아빠가
외치지만

내 다리는
말 안 들어 아빠

내 다리도
내 맘
다 알아, 아빠

부끄러워

오늘 학교 숙제는
아빠 웃겨드리기
내가 정한 건
개다리춤

장사 마치고
오신 아빠가
"어디 해봐!"
하는데

부끄러워
오빠가 보고 있잖아

씻고 나온 아빠가
"이제 해봐!"
재촉하는데

부끄러워
형광등이 너무 환하잖아

"아빠 잘 거니까
그만 해봐!"
조르는데

꿈속에서 하면 안 돼?
아직도 부끄러워.

뒷모습

수업하다
창밖을 문득 보니

빈 운동장 가로 질러
몇 학년일까?
조그만
남자아이 하나
책가방 메고서
집으로 가요.

어디가 아픈 걸까?
무슨 일 있는 걸까?

터벅터벅
교문 나서는
뒷모습 따라
외로움이 함께 가요.

내 걱정도 따라가요.

할머니 인생

산골 콩밭 매러 다는 거 싫어
바닷가로 시집 왔다는 우리 할머니

바닷물 빠지면
감태 매러 댕겨요.

감태 널린 바닷가 겨울 밭이
콩밭처럼 파아래요.

딱

삐빅 삐 삐
삑 삑삑

삼나무 속에서
시끄럽게 싸우던 새들

뚝
멈췄어요.

딱 걸렸나 봐요,
엄마한테

내 그림자

달빛으로
내 키를
기일게
키다리로 그려줬어요.

고마워요, 다알님!

더덕

"더덕구이 할라믄
막 두들겨야 혀.
안 두들기면 못 써.
두들겨야 잘근잘근 존득존득 맛나
더덕 껍질 벗겼냐?
향이 좋지?
쌉싸래한 것이

이제 반으로 쪽 갈러.
밀대로 탕탕 두드려
통통 두드려
하모
달짝지근하게 고추장 양념 만들어
그놈을 펴 발라. 하모!
불 세게 하믄 타니께 약하게 해서
프라이팬에 구워!

너희 아버진 좋긋다.
니가 생일상도 차려주고
예뻐이! 우리 손녀 예뻐!"

언제나 전화하면

우리 할머니는
만능 요리사

사랑 양념도
아낌없이 주시는

데자뷰

엄마한테 레고 사달라고
떼쓰던 일곱 살 동생
결국 길에
드러눕고

나도 다 해 본 건데

엄만
"이놈에 자식!"
하더니
저만치 가버리고
동생은 일어날
생각을 않아요.

나도 다 겪은 건데

별수 없다는 걸
저도 곧 알게 될텐데

배꽃처럼

"가서 아버지,
진지 드시라 해라!"
엄마 말씀에

"아빠!"
현관 문 나서면서부터
아빠를 부릅니다.

"아빠!"
창고도 지나고
"아빠!"
경운기도 지나고
"아빠!"
텃밭도 지나
"아빠!"
저기 보입니다.

과수원에서
배꽃 솎는

"아빠아아아아!"

향기타고
내 목소리
하이얗게 배꽃처럼
나풀거립니다.

못 놓는 손

미국 처녀와 결혼한 우리 삼촌
시카고에서
금발머리 사돈 할머니 오셨는데

우리 할머니
달려가더니

"아이고 우짜까 욕보셨소."

사돈 할머니
"Hello!"

"식사도 못 했지라?"

"나이스 미츄!"

"그랴그랴. 뭔 소린지 못 알아묵긋지만
배고프지유?"

그러면서 서로 손 그러쥐어요.

사돈 할머니
우리 할머니

서로 못 알아들어도
잡은 손 놓질 못해요.

오래오래

할머니는
할아버지를
영감도 아니고
정운이 아부지도 아니고
수연이 할아부지도 아니고
오래오래 된
남자라고 부른다.

"오래오래 된 남자요.
이것 좀 해보시오!"

그러면 할아버지는

"오래오래 된 여자가
일만 시키묵네."
호물호물 웃다가

아궁이에 불도 지펴주고
장작도 날라주고
오래오래
콩도 삶아 준다.

그래놓고
오래오래 된 남자와
오래오래 된 여자는
오래오래 된 집에서
오래오래
우리들을 기다린다.

청국장도 띄워놓고
홍시도 만들어 놓고
기다림을 채워간다.

오래오래

제 자리

내 별명은 창틀맨
승원이는 복도맨

쉬는 종 울리면

창틀에 올라 앉아
복도를 서성이며

선생님도 모르는
우리들만의 제 자리

진수는 사물함맨
정우는 구석맨

수업 종 칠 때까지
마음 내려놓는
또 하나의 제 자리

할머니의 꿈

고사리 끊어 팔아
삼촌 한의사 만들고
우리 아버지
선생님 만들었다는
할머니는

허리 수술 한 뒤
허리 한 번 못
펴면서도

이제는
우리 손자, 손녀들
용돈 주는 재미라며

"봐, 얼마나 예뻐."

쏙! 쏙!
땅 비집고 나온
고사리 꺾느라
허리 아픈 줄도 모른다.

할머니 꿈이
산비탈에 가득이다.

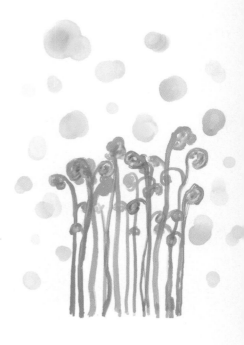

고사리 식구

학교 마치고
고사리 꺾으러 간다.

고사리 끊느라
허리 한 번 못 펴는
봄, 봄!

우리들 학교
마치고 오기만
기다리는 아버지 마음
다 아니까
비탈진 고사리 밭으로
발걸음 재촉한다.

저 멀리
엎드려 고사리 꺾는
아버지, 어머니도
고사리처럼 보인다.

뿔

요리사 시험에
떨어진 엄마
엉엉 울었다.
소리 내어서

그 모습 보던 내가
"이젠 잊으세요.
지난 일이니
앞으로가 중요해요
용기 내세요!"

자분자분하게
말했는데
하하하 크게 웃으며
날 끌어안고 볼을 비볐다.

엄마

울다 웃으면
엉덩이에
뿔난다는데
확인해 봐도 돼요?

물발자국

미끄럼틀 그늘 아래
성연이랑 둘이 앉아
공기놀이 하는 옆으로

가녀린
작은 풀꽃 하나
시들어 가고 있더라.
얼마나 목마를까?
공깃돌 털어내고

운동장 가로 질러
손옹당이에 받아 온
수돗물 주려는데
남은 물
하나도 없는 거야.

뒤돌아보니 글쎄
손살 사이로
흘러내린 물발자국

조록조록
나를 따라 왔더라.

물총놀이

물총놀이 했어
체육시간에

넘어진 사람 쏘지 않기
규칙 정하고

할머니선생님
우리 선생님

집중공격 당했다.
우리들한테

그래도 즐거운
우리 선생님
"얘들아! 쏴!
나도 쏠게!"
쏙쏙쏙

쉬는 종 울렸는데
더 놀자 한다.

선생님 속에
사는 아이
보인다, 보여.

우리처럼 웃음 많은
개구쟁이가

장애인 영지엄마

이제 곧 아기 낳을
휠체어 타고 다니는
조그만 아줌마

놀이터에서 만난
네 살 아이, 영지 엄마

오늘 아침
학교에 가다
문득 본 영지네 베란다에
기저귀 널렸다.

드디어 아기가
태어났나 봐!

행복한 풍경
여기 하나
추가요!

우리 동네 앞 공터

짓다만 3층짜리 회색건물
부도가 났다나,
을씨년스런 건물 앞에
풀꽃마당이 생겼다.

반지꽃, 방동사니, 민들레, 질경이, 쑥, 애기똥풀, 엉겅퀴, 뚝새
풀, 소리쟁이, 광대나물, 비노리, 수크령, 깨풀 쇠무릎, 명아주,
여뀌, 그령, 개기장, 바랭이, 강아지풀,
보랏빛 수레국화까지 자리를 잡고
사람들도 그 사이에
하나둘
텃밭을 만든다.

"나가라고 할 때까지 심어 먹지 뭐!"
상추도 심고, 고추도 심는데

을씨년스럽던 건물에
복닥복닥 웃음이 채워진다.
달빛도 등을 건다.

특별서비스

특별 서비스!

솔잎 끝
방울방울
빗방울들은

거미가 지나다
목을 축이고

벌레들 시원하게
등목을 하고

"앗! 차가워!"
벌, 나비들
물장난하는

솔잎 끝
방울방울
빗방울들은

솔잎이 마련한
특별서비스!

텔레파시

"참게를 절구에 넣고
쇠공이로 빡빡빡
곱게 빻고, 찧어
갖은 양념을 한 참게장!
울 엄마가 한 참게장이
먹고 싶어."

퇴원하던 날
차안에서 아버지가
혼잣말처럼 중얼거렸는데
통했다!
지리산에 사는
할머니가 보내셨다.

"논에 가서 잡았느니라."

참게장 한 종지
덕분에
할머니, 아들!
거뜬한 얼굴이 되었다.

낯선 길

수업 마치고
축구하다가
정석이와
다투게 됐지.

"야, 네가 반칙했잖아!"
"이게 어떻게 반칙이야?"

급기야는
서로 밀치다가
엉겨 붙어서 한바탕 싸운 뒤
식식거리며 집으로 가는 길

절뚝이며 앞서가는
정석이 뒤로
나도
비척비척
허리를 붙잡고
걸었어.

처음 걷는 길처럼
낯선 길이었어.

섬진강 외가

계곡에서 돌아 온 할아버지
무릎까지 걷은 바짓단을
한 겹
내리는데
툭
바닥으로 떨어지는
엄마야!
참게 한 마리

또
한 단 내리니
툭
털게 한 마리

그럴 때마다
우리들
"아악! 으악!"
비명을 질렀지.

할아버지
소년처럼 웃었지.

가끔은

봇도랑 옆 조그맣게
일군 작은 밭

자갈돌 골라내며
할머니께서
땡볕에 몇날며칠
일군 밭인데

사라져 버렸다.
쓸어버렸다.

밤새 내린
작달비에
참깨, 상추가
뿌리 째 뽑힌 채
나앉아있다.

좋아하는 비에게도
가끔
삐칠 때가 있다.

하느님

하느님은 내가 보일까?
이렇게 조그만데

하느님은 내 목소리 들릴까?
하늘은 너무 먼데

하느님은 다 알까?
길고양이 우유 준 거

하느님은 진짜 알까?
내가 오늘 현지 울린 일

아니, 아니
요건 몰랐으면 좋겠다.

운

나는 오늘 운이 없다.
송편 급식 받았는데
다섯 개 씩 받았는데
세 개나 속이 비었다.

정말 오늘 운이 없다.
서든에서 데스만 뜬다.

오늘 운이 진짜 없다.
공을 뻐엉 찼는데
툿나무 높 가지에
앉아서
흔들어도 안 내려온다.
발로 차도 안 내려온다.

내 운이 오늘
짝꿍한테 다 갔나?

오늘 내내 짝꿍은
"아싸!"만
외쳤거든.

뭐야?

세 살 박이
막둥이 동생

나뭇잎을 봐도
"뭐야?"

구름을 봐도
"뭐야?"

개똥을 봐도
"뭐야?"

오늘 새로 배운 게
분명한 말

"뭐야?"

행복한 우리 가족

우리가족을 그릴 때
난,

한 번도 본 적 없지만
휠체어가 아닌
두 다리로 서있는
엄마를 그린다.

한 번도 본 적 없지만
환하게 웃는 인자한
아버지를 그린다.

한 번도 살아본 적 없지만
햇볕이 잘 드는
창문 있는 집을 그리고

한 번도 느껴본 적 없지만
제목은
'행복한 우리 가족'
이렇게 쓴다.

학교 가는 길

은지가 지나갈 길목
정자나무 앞길에 서서
은지를 기다린다.

은지가 나오면
"어? 안녕!"

최대한 자연스럽게
나도 이제 막
여기에 도착한 것처럼
가방을 고쳐메고

나무에 기대 서 있을까?
먼 산을 보고 있을까?

최대한 자연스럽게
휘파람을 불고 있을까?

혼자 웃는 웃음

잠자리 한 마리
날개를 펼친 채
길바닥에
꼼짝 않고 앉은 거야.

어쩜 좋아.
무춤 서서 보다가
죽었나 봐
쪼그려 앉아 손 뻗는데

파다닥
날아올라
내 코 치고 가는 거야.

"아이코! 깜짝이야!"
엉덩방아 찧었지
그래도 좋았지

다행이다!
웃었지

봄 벌

겨울 볕 좋은 날
벌 키우는 할아버지 댁

아직 겨울잠 자는 벌이지만
완전무장한 채
화분도 넣어주고
할아버지와 아버지
봄 벌을 깨운다.

아버지 새 직장 이야기며
할아버지 관절염 얘기며

늘 말 없던 두 분인데
붕붕
놀라 날아오르는 벌 사이로
할아버지와 아버지
걱정 가득한 사랑도
깨운다.

태은이

목소리 걸걸한 태은이
전화 목소리는
완전 남자 같아서
오해도 받는 태은이

쌍꺼풀 없는 눈에 피부도
가무잡잡한 태은이

술래가 되어 잡으러 올 땐
악착같이 무섭게
달려오는 태은이

짓궂은 남자 애들 등짝,
스매싱을 날리는
무쇠 같은 태은이가

밟혀 죽은
지렁이 보더니
눈물이 고였어요.

새로운 태은이
매력 추가예요.

가랑잎 편지

숭숭숭 구멍 난 가랑가랑 가랑잎은
벌레들이 손수 쓴 꼬물꼬물 손 편지
떠나간 봄에게, 훌쩍 가버린 여름에게
햇무리에게, 보래구름에게, 먼지잼에게,
좋아했어. 고마웠어. 달빛 괴고 쓴 편지
보고 싶어. 잘 지내니? 곰살갑게 쓴 편지

데굴데굴 섶다리 건너, 노루막이 지나
가랑잎 편지 가는 곳, 따뜻한 고백편지
봄물결에게, 여우별에게, 소낙비에게
오늘도 산새소리 지나가고 있다고
기억해줘. 잊지 마요. 물빛 괴고 쓴 편지
수고했어, 또 만나요. 풀빛 새겨 쓴 편지
사각사각 갓밝이에 사랑 빚어 쓴 편지

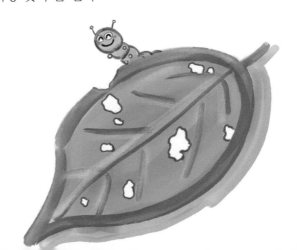

욕심 너!

조금만 더
조금만 더

자꾸 부는 풍선

터질라
터질라
겁도 점점 커지지만

더
더
더
불다가 그만
펑!
터져 버렸네

욕심!
너 때문이야.

비 오기 전

천둥 번개 치기 시작하면
섬마을 사람들
내달린다.

개미들처럼 한 줄로, 두 줄로
거침없이 달리며

"성주야!"
"민주야!"
"대홍아!"

우리들 이름 불러대며

바닷가 자갈밭에 말리는
미역 걷으러
내달린다.

끙끙 앓던 신경통 관절염이
뭐시간디!
비 맞으면
내쏴버려야 하는 다시마

생각만 하며
할무니들
바람보다 빠르다.

내리려던 비도
잠시 기다려 준다.

소 년

멋지게 해내려고
연습했던
로미오의 눈물연기
무대에 서니
웬일인지 눈물이
안 나왔다.

상대역 줄리엣은
당황하며 나를 보고
내 머릿속은 하얘지는데

문득
불 꺼진 관중석에서
나를 보고 계시는
아버지가 보였다.

건설현장에 말하고
헐레벌떡 왔을 아버지

작업복에 시멘트 가루
잔뜩 묻어 있을 아버지

갑자기 서러워
눈물이 쏟아졌다.

소년,
사나이가 되었다.

귀농 사과

우리 식구
귀농해서 처음으로 딴 사과
궤짝에 담아 가격표를 단다.

한 상자 만 원
종이에 쓰는데

"너무 싸다."
둘째 승규가 외치고

약 한 번 안 치고
꽃 따주며 키운 사과

"정말 싸다!"
셋째 승우가 외치고

노래 들으면 잘 자란대서
내가 노래 많이 불러줬는데

"아까워!"
막내 찬이가 외치는데

"내 새끼들 같네."
사과를 만지는
엄마 얼굴이 볼그레하다.

궤짝에 이별도 채워진다.

오를걸요?

제 동생 민주는 2학년
아빠랑 팔씨름해서 이겼다고
여기저기 힘자랑하고 다녀요.

오늘도
제 힘이 세서 4학년은 물론
6학년도 겁먹게 했답니다.

하지만 민주는 모를 걸요.
4학년 내 친구들이
6학년 언니들이
귀엽다고 봐 준 거
모를 걸요!

아빠가
"졌다, 졌어!"
봐 준 거
모를 걸요!

너무 다른 마음

동생이
엄마 몰래 게임을 할 때

"쉿! 엄마한테는 비밀이야."
동생이 애원하면

나는 말없이
고개를 끄덕인다.

내가 이불에
오줌을 지려

"쉿!
엄마한테는 비밀이야!"
난감해 하면

동생은
이때다 하고
얼른 이른다.

밭두렁

우리 개 이름은 밭두렁
밭에서 따라 온
밭두렁

누가 버리고 갔는지
밭두렁에 서서
읍내로 가는 길만 보다
언덕 위 우리 집에 온 밭두렁

와서도
읍내서 오는 길만 본다.

밭두렁 보다
더 높은 언덕 집에서
종일 꼼짝 않고
꼿꼿이 앉아.

세상 제일 부자

우리 닭장에
닭 일곱 마리
알 낳을 때 되면
우리 할머니
양재기 들고 들어가
가만히 본다.

알 낳으러 들어 간
닭 엉덩이가
움찔움찔
실룩댈 때면
숨을 죽이다가
쑥 낳고,
“옳거니!”
쑥 낳고
“잘한다!”

그 알들
양재기에 담아 나올 때면
부자가 된 얼굴이다.

굽은 허리까지
쭈욱
한 번 펴신다.

협박

어제 우리 수탉에게 호되게 쫓겼던
여섯 살 내 동생 선희

오늘 닫힌 닭장 앞으로
쾅쾅 걸어가더니

"까불면 너 잡아먹어 버릴 거야!"
무섭게 협박했다.

그 협박 통했을까?
닭장이 순식간에 조용해졌다.

언제 커서

제 동생 말
시우시우
나가자는 소리예요.

옴포동이
므우 므우
물 달란 소리예요.

제 동생
이제 두 살

언제 커서
저에게
언니, 언니 할까요?

커튼 장난

책상에 앉아
숙제를 하는데

열어 놓은 창으로
바람이 들어와
펄럭펄럭
커튼으로 장난친다.

숨바꼭질은
그러려니 했지만
휘리릭 날려서
창밖으로 그네를
타기에

놀란 내가
외쳤지!

"야, 야!
엄마 오실지 몰라!"

몇 개의 씨줄,
한 개의 날줄로 짠 청라(靑羅)

고정욱(동화작가, 문학박사)

수년 전 북 토크쇼를 지방의 어느 학교에서 한 적이 있었다. 강연이 끝나자 캠프에 참여했던 어린이들의 질문 공세가 시작되었다. 어린이다운 엉뚱한 천방지축의 질문들이 쏟아졌다. '연봉이 얼마예요?' '집은 몇 평이에요?' 요즘 흔히 듣는 그런 질문에 나는 유연하게 대처한다. 어린이기 때문에 그런 질문을 하는 것이니 나 역시 그들의 기발함과 자유분방함에 어린 아이의 마음으로 맞서야 한다.

"우리 집은 얼마나 넓은지 현관에서 내 방까지 3박 4일이야. 그리고 내 연봉은 얼마나 많은지 집에 돈 세는 기계가 있어."

아이들은 일제히 멋있다고, 재미있다고, 그리고 웃긴다고 까르르 웃고 말았다.

이처럼 어린이들과 대화는 결코 쉽지가 않다. 어른들은 이미 동심을 상당 부분 잃어버렸기 때문이다. 잃었다는 것은 착한 심성이 때묻었다는 뜻이고 공감력이 떨어진다는 의미이다. 어린이들 동심의 총아가 응축되어 모여 있는 곳은 바로 아동문학이고, 그 가운데 감로수는 동시(童詩)이다. 이수경 시인의 동시들은 바로 그런 동심의 정수와도 같은 작품들이다.

1. 몇 개의 씨줄

그의 모든 동시들은 몇 개의 화려한 씨줄로 구성되어 있다. 대개는 성장하면서 잃어버리는 것들이다. 어린이의 마음을 어른이 되어서 잃지 않고 지닌다는 것은 정말 쉽지 않다. 인간의 본성에 충실하면서 고운 마음을 지켜내고 있다는 의미다.

착한 심성이 있기에 그녀의 시들은 공감력을 보여 준다. 그 공감은 다름 아닌 생명에 대한 사랑이다. 모든 살아 있는 것들에 대한 연민과 모든 고통 받는 것들에 대한 사랑, 그것이 시인의 따뜻한 마음이다. 시공간에서 들어오는 사물의 자극을 오감을 통해서 받아들인다.

검지를 베서
선생님이 발라 준 밴드

노랑, 노랑, 노란밴드
아픈 건 잊고
노랑나비 같아.
들여다보고
또 들여다보다가

집에 갈 땐
검지를 치켜세우고 가요.

노랑나비 한 마리
내 손가락에 얹고
아픈 것도 다 잊고

– 노란밴드 (전문)

손가락을 벤 아픔과 통증은 노란 밴드 하나로 나비가 된다. 아름다우면서 놀라운 비약이다. 높이 쳐들고 아픔도 잊는다. 평소 나비 한 마리 손가락에 얹고 싶다는 마음이 없었으면 이런 상상을 시어(詩語)로 치환할 수 없다. 노란색에서 나비를 연상하는 공감력은 오로지 이수경 시인만의 것이다.

그런 동심은 감각에 민감하다. 그녀의 동시를 읽다 보면 소리와 촉감과 시각 등의 오감은 온통 내 것이 된다.

참나무 아래에
서 있는데
톡
정수리에 떨어지던
도토리 하나가

다시
툭
아스팔트 언덕길

탁
너럭바위

통
주차 해 둔 자동차 보닛
다음으로
또그르르
내리막길

탕
방지 턱 도움닫기

슈웅
날아오른다.

힘내라!

– 노루뜀 대장(전문)

톡, 툭, 탁, 통. 같은 듯 다른 소리를 감지해내는 예민한 감각. 그것
은 어린이 세계의 감정통화를 담당하는 화폐와 만찬가지다. 사물을
의인하고 자연을 친구로 삼지 않으면 얻을 수 없는 감각이다. 마음
속에 어린이가 오롯이 숨어 있어야 가능한 일이라 하겠다.
감각은 관찰에서 온다. 호기심에서 온다. 호기심과 관찰력은 어린
이들의 특권이다.

우리 개 낮잠 자다
다리를 떤다.
부르르
바르르
몇 번을 떤다.

꿈에서
앞집 개

'독종'

만났나?

마주치면
다리를
벌벌 떨더니

- 꿈꾸나봐(전문)

개가 자면서 다리를 꿈틀댄다. 경련일 수도 있고, 잠꼬대일 수도
있다. 그런 개의 마음을 자기동일시의 시각으로 바라본다. 개의 마음
을 나의 마음으로 치환하는 능력. 사물에게 감정을 부여하는 능력.
어린이들의 시선은 모래알을 넘어, 개 한 마리의 낮잠을 넘어 우주를
감싸고도 남는다.

　게다가 그녀의 시는 반전의 묘미로 우리들의 뒤통수를 친다. 다 읽
고 나면 상쾌한 반전이 기다리고 있다. 시를 읽고 남은 통쾌함의 이
유가 바로 그것이다. 동심의 특성은 반전이다. 어디로 튈지 모르는
것, 그것이 문학적 완성도를 높이는 건강함이고 텐션이다. 끝날 때까
지 끝난 게 아닌 동시. 한편한편 읽으면서 마음을 졸이게 된다.

요리사 시험에
떨어진 엄마
엉엉 울었다.
소리 내어서

그 모습 보던 내가
"이젠 잊으세요.
지난 일이니

앞으로가 중요해요
용기 내세요!"

자분자분하게
말했는데
하하하 크게 웃으며
날 끌어안고 볼을 비볐다.

엄마

울다 웃으면
엉덩이에
뿔난다는데
확인해 봐도 돼요?

— 뿔(전문)

아리스토텔레스는 〈시학 Poetics〉에서 반전을 비극을 구성하는 필수적인 요소로 주인공의 운명이 좋은 것에서 나쁜 것으로 바뀌는 장치라고 했다. 하지만 반전은 아이러니컬하게 반대의 경우도 가능하다. 나쁜 것이 좋아질 수도 있다. 엄마는 자격시험에 떨어져 울었다. 아이는 그런 엄마를 격려한다. 아이의 말에 엄마는 순간 기분이 좋아져 울다가 웃었다. 그러나 시인의 반전은 여기에서 빛을 발한다. 엄마의 엉덩이에 난다는 뿔을 확인하고 싶다고 한다. 읽는 이의 입가에 미소가 번지게 하는 반전이다. 불행의 그림자는 저만치 날아가고 이제 행복, 아니 행복 위에 아이의 엉뚱함으로 인한 웃음이 터진다.

2. 강력한 날줄 '엄마'의 존재

앞의 시에서 보듯 이수경의 시세계에서 엄마의 존재는 날줄이라 해도 과언이 아니다. 때론 성기게, 때론 촘촘하게 시세계라는 피륙을 교직하여 의미망을 형성하고 그 그물로 우주의 시어들을 포집한다. 때론 엄마의 마음으로 세상을 돌보고 보살피며 감싼다. 그런 면에서 엄마보다 강력한 문학의 날줄은 이 세상 어디에도 없을 것이다.

까만 아기고양이 한 마리
주차 된 승용차 아래로
쏘옥 들어가는 거야.

그걸 본 우리 삼총사
그냥 갈 수가 없어

가방 맨 채
엉덩이 치켜들고
흙바닥에 착 엎드려

"이리 나와라. 나비야!"
"위험해요, 냐아옹!"
"집에 가자, 냐아옹!"

외치는 우리들이
엄마고양이 같았어.

– 나와라, 냐아옹!(부분)

이 시에서 아이들은 고양이에겐 엄마 고양이 같다. 어둠 속에서 꺼내주고 위험한 걸 막아주고, 집에 데리고 가는 갸륵한 행동은 아이들의 것이 아닌 어른들, 그 가운데에서도 엄마의 위대한 역할이다. 힘없는 작은 길냥이들을 보며 구해주려 애쓰는 자신들이 엄마 고양이의 역할을 하게 되었다. 입장을 바꾸게 되고 그로써 엄마의 소중함을 스스로 감지하며 성장하고 있다.

그러나 엄마라는 씨줄은 결코 물렁하지 않다. 때로는 강인하고 엄격하며 절대 끊어지지 않는 질기고 매서운 회초리가 되기도 한다. 그러한 엄격함과 두려움이 어디로 튈지 모르는 어린이들의 올바른 성장에 필요한 것이기도 하다.

낮달과 해님이
함께 나타날 때
엄마 생각이 나요.

하루에 두 번
아침과 저녁
하얀 달과 해님이
같이 뜰 때면

엄마 보고파
눈물이 고여요.
자꾸만 울먹이고

노는 것도 싫고

"당장 집에 갈래!"
생떼 쓰며
데굴데굴 구르고 싶어요.

제 진심도
그때 나타나나 봐요.

— 농촌음악 열아흐레 째(전문)

평소엔 잘못하면 야단치고 무서운 엄마지만 오래 떨어져 있으니 그립다. 보고 싶다. 당장 집에 가고 싶다. 이제 아이들은 다시 아기고양이가 되었다. 해와 달이 상징하는 아빠와 엄마의 달이 뜰 때 아이는 문득 엄마를 그리워한다. 떨어져서 좋았고 친구들과 함께 신나던 것도 잠시. 엄마는 밥과 같은 존재다. 자체의 맛은 무(無)맛이지만 그렇기에 무슨 반찬이든 얹어서 먹을 수 있는 밥. 평생을 먹어도 질리지 않는 그 밥. 그리고 반드시 있어야 하는 밥. 없어서는 안되는 밥. 이것이 엄마라는 존재다. 그런 엄마는 결코 끊을 수 없다. 이수경의 시가 때론 지혜를 주고 깨달음을 주는 이유이기도 하다.

동생 도현이 씻기기는
엄마가 주신 마지막 숙제

샴푸를 물 묻은 손에 짜서
엄지와 검지를 동그랗게 말아
후우 불어주면
비눗방울
봉봉봉

양치질을 하던
도현이가
와핫와핫
신나서 웃는다.
더 웃으라고
봉
봉
봉

내일 엄마 퇴원해서 오면
도현이 안 울고 잤다고
말해야지

나도 칭찬해 달라고
말해야지

– 엄마 숙제(전문)

    그런 엄마는 아픈 엄마다. 혼자서 자식들을 키우느라 잔병이 떠날 날이 없다. 험한 일을 도맡아 해야 한다. 몰래 노점상도 마다하지 않았다.

    붕어빵 굽던 /엄마 얼굴에 /웃음기 싹 /가시다가
    사이렌소리/ 멀리 사라지면/ "내쫓기는 줄 알았네. 어휴!/ 한숨 쉬며 웃지만 / 저건 구급차 소리

–사이렌소리(부분)

얼마나 가슴 조이며 살았을까. 병든 몸이 병원에 입원하면 남는 건 맏딸. 집안은 그 어린아이의 고사리 손에 의해 건사된다. 동생을 씻기고 재우는 일이 숙제다. 좋게 말해 숙제지, 사실은 중노동이고 여기에 심리적 부담과 압박이 가중된다. 그래도 착한 큰 딸은 최선을 다한다. 동생들은 말 안 듣고 서로 싸우고. 동생을 울리지 않고 재웠다. 숙제를 다 했다. 과업을 성취했다. 얼마나 힘들었겠는가. 엄마가 내준 숙제는 해야 한다. 무서운 엄마니까.

삼나무 속에서 / 시끄럽게 싸우던 새들
뚝-/멈췄어요. / 딱 걸렸나 봐요, 엄마한테
-딱(부분)

새들도 엄마한테 걸리면 조용하다. 엄마는 가정의 카리스마다. 규율과 질서를 잡는다. 무서운 존재이기도 하다.
시인은 여기에서도 반전을 보여준다. '나도 칭찬해 달라고 말해야지' 그렇다. 아직 큰 딸은 어린이다. 엄마의 칭찬이 그립고, 집안일이 힘든 딸이다. 칭찬을 먹고 싶을 뿐이다. 그런 큰딸에게 엄마는 집안을 맡기고 병원에 입원했다. 믿음직하지만 슬픈 이유는 무엇일까.

이수경의 동시는 엄마라는 마딘 날줄에 동심과 감각과 반전 등의 시적 장치를 짜 넣은 아름다운 한 폭의 청라 비단이다. 그 아름다움과 부드러움은 독특한 자신만의 시세계를 만들었으며 이를 느껴보지 못한 사람은 삶의 큰 것을 놓치고 사는 것이라 해도 과언이 아니다.
어린이들의 천진난만한 질문에 쩔쩔매는 우리의 삶은 어느 새 손에 든 아름다운 청라비단이 스르르 빠져나가는 것도 잊은 삶이 아닐까?